장은아
시조집

터

장은아
시조집

도서
출판 북인

2025

내 삶의 뿌리는 어딜까? 때때로 질문을 던져보면 언제나 그곳은 제주였습니다. 내가 거닐었던 아름다운 제주와 어린 시절 미처 알지 못했던 제주의 아픔을 나이가 들어서야 시조로 품어봅니다.

글을 쓴다는 것은 세상에 존재하는 모든 사물에 생명을 부여하는 일이라고 생각합니다. 단어 속에 숨어 있는 속엣말들을 찾아 헤매는 제 모습이 참 좋습니다. 그러다 발견한 시 한 구절을 깊이 들여다보고 그것을 시조의 율격에 따라 엮어내는 일은 오롯이 저의 몫입니다.

3장 6구 45자 내외.

학창시절 각인된 시조의 형식이 이제는 살아 움직이는 운율이 되어 꽃처럼 피어나는 경험을 합니다.

참 좋습니다.

2024년 가을
장은아

차례

1부

순비기꽃을 닮은

밭담

유채꽃이 울음인 것 애써 외면할 동안
4월이면 벌, 나비가 살풀이 춤추었지
바람이 밭담 사이에 진혼곡도 놓고 갔지

4월을 읽는 방식

숲마다 마른 꽃잎 끝없이 되묻는다
바스라질 기억은 없다
시간만 지났을 뿐
그랬지, 뜨거운 대답
삭제되지 않는다

도두봉 일몰

시대의 얼룩들을 눈 붉히며 바라보는
노을은 아직도 그 칼끝을 기억하는데
우리는 아픈 문장들만 지우고 싶어한다

푸른 기억

흙 한 줌 올리지 못한 옴팡밭에 눈 내리면
무수한 회한들이 가슴을 치받는다
이유도 알 수 없는 죽음 눈물보다 아프다

* 옴팡밭 : 제주 사투리로 움푹 들어간 밭.

봄바람

마라도와 가파도 산기슭 풀밭마다
산발한 바람에도 기억은 정직해서
꽃들이 무작정 웃습니다 실성한 듯 웃습니다

빌레가름

누가 그리움을 치유 못할 병이라 했지
무너진 돌담 사이 무성한 잡풀 한 켠
뒤집힌 그 봄 생각만으로 피 토하는 동백꽃

*빌레가름 : 4·3으로 사라진 마을 이름.

고사리 찾기

찔레꽃 덩굴 아래 봄편지 말아쥔 손
그 누가 볼까봐 펴지도 못하다
제삿상 준비하라고 허리 펴 일어섰다

순비기꽃

순비기꽃 닮아야만 세상을 견딘다고
뒤집히는 풍랑 속을 뛰어들다 떠오를 때
톡 톡 톡 보랏빛 꽃잎 물 위에도 피고 있다

모래밭에 사는 것이 낭만이라 생각 않듯
짜디짠 바람 맛에 배운 것이 끈질김이라
뽀얀 꽃 나는 몰라요 아픔 잊고 웃는다

이념 앞에 쓰러진 이 그리운 걸 아는 걸까
암반 만나 부르튼 발 다독다독 위로하듯
오종종 가을볕 안은 열매들이 나를 본다

오월

푸르른 그 사월이 멍울로 잡힐 때
잡초로 살지 마라 그냥은 살지 마라
중산간 나무들마다 초록잎 흔듭니다

먼나무

초록잎은 어디다 모조리 떨구고
새빨간 열매만이 가지에서 신음한다
잊으라!
그 기억의 말살에 먼나무만 애탄다

외돌개

고백은 약속이라 세월 잊은 외돌개
파도가 달려오듯 올 것 같아 기다리는
아직도 애달픈 기도 노을보다 뜨겁다

서귀포 주상절리

바람은 알고 있어 파도가 삼킨 울음
침묵할 수 없다는 그 마음 알기에
쉼없이 밀어주건만 절벽에 막혀 부서진다

정방폭포 물소리

쏟아내는 물소리
아직도
울음소리
그 봄은 가고 없고
눈부신 봄 예 왔건만
핏물 든
자리 지운다며
우레로 쏟아낸다

갯무꽃

사랑은 꽃처럼 왔다가는 것이냐며
가끔씩 성산 바다 진한 울음 토할 때
애잔한 연보라 꽃대 의연하게 올린다

쇠소깍 연가

아마 먼 훗날 너와 내가 만난다면
해수와 담수처럼 조용히 안아주리
풍랑쳐 고단했던 세월 다 잊은 저 물처럼

수천 년 해풍에도 그림 같은 풍광들이
물이 흘러드는 동안 계절을 바꿔가며
용암의 이야기들을 서귀포는 품었지

들었지 애먼 울음, 보았지 숱한 죽음
아득히 떠는 고요 용머리 다듬을 때
쇠소깍 못다한 사랑 가슴으로 안았지

2부

빛바랜 앨범

빛바랜 앨범

소멸된 시간이 쟁여 있는 앨범 열면
푸른 산도 가족들의 웃음도 화석인데
오래 전 먼 길 떠난 이 내 가슴에 들어온다

아버지

장마로 터진 둑이 걱정되는 딸의 등굣길
서른아홉 살 아버지는 다리가 돼 주셨다
오늘도 멈춰버린 시간 속 아버지가 웃고 있다

기일

산마다 봄빛 들어
꽃봉오리 말문 튼 봄

내 맘속 찾아오신
나보다 젊은 아버지

놓고 간 말씀 없어도
기일이면 오신다

내 마음의 연약지반

마주친 세상 속에 아버지는 비어 있어
긴 세월 못다한 정 강물처럼 흘러갈 때
날마다 그리운 얼굴 눈감아도 어른거린다

사위들과 소주 한 잔 낭만을 꿈꾸신 분
시집갈 딸들 앞에 웃음꽃 피우셨죠
아버지! 신부 입장 소리에 마음이 울컥합니다

녹차꽃

인생 정답 있냐며 늦가을인데 꽃 피었다
천 리라도 멀리 가라 향기도 뿜어내는
엄마의 젊은 날에도 저렇게 의연했다

감자꽃

볕이다!
땅 헤집고 꽃대 올린
봄날이면

남겨진 그 에움길
가슴저려 말 못하는데

철없는 나와 동생들은
꽃송이만 헵니다

꽃보다 네 자매

행운이 행복이라며
네잎클로버 찾던 봄날

네 자매 부르는 따스한 엄마 목소리

그 기억 다 닳아 없어져도
우애는 끈끈하다

코로나 설날 풍경

정겨움은 빼앗겨도 설날은 그대로라
뜨거운 떡국 한 사발에 나이도 한 살 먹고
줌으로 마음선 이으니 화면 가득 웃음꽃

연모

아이처럼 입 벌리는 늙은 남편 바라본다
잉걸로도 어찌 못할 노을 진 강변에서
사무쳐
옹이된 마음
사랑 담긴 수채화

기백으로 이루신 그대

창세기 말씀을 지표삼아 걸으셨지요
물소리 유순한 들녘에서 핀 꽃처럼
하늘만 바라본 세월
눈부신 청산입니다

＊28년간 함께 산 시아버지를 추모하며.

빈자리

아버님 세상 떠난 빈자리에 남은 체취

바람에 날아갈까
세월이 가져질까

어머닌, 꽃무늬 이불
펴지도 못하십니다

빈집

어둠 밝힌 전등처럼 집안 가득 부모님
대문 열면 반겨주던 들꽃처럼 환한 얼굴
이제는
빛바랜 사진으로
소리없이 웃으신다

이별 이후

잎, 열매 떠나보낸 나무라야 새순 돋듯
군 입대 보낸 후 마음붙임 떼버리니
그제야 엄마가 아닌 내 이름이 보였다

자식 농사

나무마다 귤들이 젖 물듯 매달렸다
숨비소리 들어가며 당도 높인 노지 감귤
농부는 가지를 따라 온몸 휘며 귤을 딴다

앞집 순자

개울소리 함께 듣고 자랐던 소꿉친구
고향을 부르듯 정감 묻혀 불렀는데
이제는 순자가 아닌 유나로 부르란다

어떤 이별

사랑해서 헤어진다 그 말이 진심인지
저렇게 멀어져도 눈물처럼 아름답네
너 가고 없는 날에도 그리워해도 되겠니

겨울잠, 그 후

생명을 품을 때는 침묵도 말이 된다
예감이란 기쁜 소식 격정의 언어들이
살 속에 뼈를 심고 나와 개골개골 소리낸다

3부

거기, 여보게나

터
— 조선백자 도요지

도공을 만난 흙 난초꽃 피우던 날
불의 혀에 데었어도 혼절하며 울음 삼킨
백자여, 기품을 갖췄구나
지나온 길 다 지우고

*조선백자 도요지(사적 342호), 경기도 군포시 산본동 1057-4.

융릉을 걷다

소나무 그루마다 사무침도 심었나
나무마다 휘청휘청 나에게 말을 걸 때
묵묵히 숲길을 걸으며 맺힌 한 읽는다

화살표 같은 책망이 부끄러운 여기에서
마침표 찍어놓은 그 마음 헤아릴 때
고목의 맑은 향기가 내 속을 휘저었다

추사 유배지

해풍 건딘 수선화 벗인 양 반가운데
기다리는 소식을 막고 선 소소리 바람
돌들도 얼마나 애태웠나 숭숭 뚫려 있습니다

추위에 몸을 떨며 한없이 바라봤을
앞마당 매화 꽃잎 아픔을 함구할 때
어떤 맘 내려놓을까 마당만 서성였지요

흰 옷 입고 써내려간 올곧은 추사체
역사도 제 길 향해 굽은 등 쭈욱 펼 때
님 향한 소나무 한 그루 솔 향기 날립니다

전곡리 선사유적지

돌멩이 하나도 누가 쓰던 것일까
수없이 질문하고 끝없이 대답하는
고단한 선사의 시간이 부활한 전곡리

삶이란 때때로 살아내고 버티는 것
주먹도끼 의지하고 강물을 벗 삼아
세상의 일원이 되어 살다가 잊혀졌지

누군들 알았으랴 발 디딘 땅의 진실을
대지의 여신이 품은 사람들의 이야기
흔적은 영감이 되어 우리의 혼을 깨운다

용문사 은행나무

망국의 서린 한을 묻었다던 마의태자
땅속 깊이 숨겨둔 그 마음 나는 아네
천 년을 변함이 없이 노랗게 드러낸다

DMZ

실명한 바람들이 휘적휘적 달아난 길
서늘한 감국화 저 홀로 외로워도
햇살은 공평하게 내려 산과 들은 한 몸이네

임진강 건너

이념과 맞서느냐 나룻배 가뭇없는
강물은 흐르는데 갈라났다 말할까
물총새 뜨거운 눈물 품고 가는 임진강

제주 돌담

숭숭 뚫린 돌멩이 이것은 네 생존술
맞서면 무너진다 서로를 아우르는
고샅길 서로 기댄 돌들의 암묵적 불문율

서산 갯마을

푸른 바람 일렁이는 평야의 가슴 열면
갯벌을 증언하던 패총들이 바스러진 채
갈매기 떠나간 길을 잊으라 잊으라 하네

마룡리 옛집

뒤꼍에 장독을 버려두고 떠난 집
구름은 간장을 맛보려고 찾아오고
바람만 손님이 되어 거미줄을 흔든다

낙산 절벽마을

찢긴 역사 자국들은 여전히 헐벗은 채
마을을 지키며 민낯을 드러낸다
낙산의 아름다운 석양에 가려진 그늘이여

과거와 현재가 재개발로 교차하는
절벽 위 카페에서 쏟아지는 불빛들
다시금 생기를 머금고 당당히 불 밝힌다

수리사 가는 길

고목의
푸른 노래
계곡 가득 차오른 봄
세속의 묻은 때를 씻으러 오를 때
내 몸을
제압한 번뇌
걸음마다 떨궜다

수리산 황톳길

발가벗은 발바닥에
흙의 생기 스며든다
수굿한 걸음 뗄 때
시린 생각 도져오면
산사의 바람이 불어와
지친 나를 돌봤다

박씨 고택

거미줄 내려오니 그리운 님 오시겠다며
정성 다해 씨줄 날줄 실 자았던 그날을
돌올한 소나무들이 푸르게 기억했다

사라지는 둔대리 마을

여릿여릿 풀잎이 흔들리는 담장 뒤로
노래하던 새들이 이장하듯 날아가면
바람만 건들 불어도 숨 참는 둔대리

이사를 짐작도 못하는 거미 가족
노을이 홍시처럼 번질 때도 집을 짓네
먼 옛날 우리 선조들은 저렇게 순했지

마을을 허물어야 새집을 짓는다는
기막힌 구호가 봄빛처럼 산뜻해도
알뜰히 나누던 정은 어디로 옮길까

4부

1호실 산책자

아모르 파티

가지에 매달릴 때 푸르른 잎새이다
나무와 간격 벌린 가을에 꽃이 됐네
계절을 따라가는 날
눈부셔라 네 모습

젊음을 버리는 건 전부를 거는 일
사랑을 내놓고 목숨까지 다 내놓고
나이테 하나 두를 때
세월 한 줄 얻는다

밤 줍기

떨어진 밤 한 알에도 조급증이 밀려와
더 많이 줍겠다 심장만큼 뛰는데
열매를 내주는 나무 햇살만큼 고요하다

가시 벌려 알밤 터는 바람도 고맙지만
행여나 꺾일세라 숨 참는 가지 앞에
감사를 다시 배우며 한 계절 또 보낸다

납량특집

여름의 극장가는
공포물이 대세인데
귀신에 홀린 듯
내뱉는 가시 박힌 말
오드득
소름돋는 건
통제 없는 내 자신

비정규직

이상기온 하나에도 해진 삶 흔들려서
불빛 향해 몸 던진 하루살이 인생처럼
내 살 곳 여기뿐이다 묵묵히 일한다

먼지집

은행잎 그림자가 창틀 덮친 아침나절
일면식 없는 미세먼지 문틈으로 들어왔다
한나절 치우고 치워도 점령군 따로 없다

시지포스

밀물과 썰물들이 도돌이표로 정화되듯
갯벌은 생명 품고 수없이 쓰다듬을 때
말갛게 적요를 꿈꾸는 바다가 출렁인다

등식

오른손이 왼주머니 넣을 수 없듯이
사람과 사람 사이 평행돼야 먼 길 간다
그 길에 오른발 왼발 그 리듬 예술이다

옷장 정리

추억 묻은 옷들이 옷장 속에 갇혀서
수평선을 말하고 유채꽃을 기억하지만
세상엔 버리는 기쁨도 크다고 그러네요

평균치

잘 살고 있는가 삶에 의문이 들 때
비바람 견뎌 피운 들꽃을 바라본다
평균치 그 삶을 살려고 타협한다 우리는

첫걸음

때 늦은
학사모 쓰고
눈시울 적신 날

막힘없는
글자 앞에
눈물꽃 피워놓고

보란 듯
당당한 걸음
꽃길인 듯 걷습니다

*군포시 느티나무학교(초등학력 인증반) 졸업식에서.

줌zoom 소동

문맹의 설움 안고 달려온 발걸음
글자를 깨우치러 화면 켤 때 힘들어도
굳은 혀 자꾸 굴리면 가갸거겨 경쾌하다

발자국

등 뒤에 발자국은 내 삶의 증인이다
자갈길도 흙탕길도 묵묵히 걷는 동안
올곧은 말씀이라면 귀 세우고 따랐다

나이값

사랑의 질량만큼 일렁이는 기쁨들이
가슴 속 모두 파야 물 위 뜨는 배가 된다고
깨우침 공짜가 아니네요 나이먹고 배웠어요

한파경보

몰아친 한파에 소리 잃은 냇가지만
강물 향한 꿈들이 언 몸으로 노래하면
세상을 적실 물줄기 해빙의 봄 꿈을 꾼다

눈꽃

흰 눈이 꽃 되는 일과 눈꽃이 눈물 되는 일
마음처럼 안 된다고 동굴같이 생각 잠길 때
덜커덕 사랑을 배워보라 눈송이도 꽃이 되니

이건 사랑이야

공중으로 가볍게 튕겨오른 햇빛이
산속에 감춰놓은 잔설마저 찾아내듯
빗장을
활짝 열어젖힌
설레는 봄 향기

5부

가만히 옆에

목련

앙상한
가지 끝에
저 눈부신 적멸
그리움을 버리기가
왜 그리 어려운지
이 사월
깊은 은유를
눈물로 읽었네

수국처럼 우리도

길섶 따라 도열한 숭얼숭얼 꽃송이
서로가 서로 위해 온기 나누며 살겠다더니
수국꽃!
하고 부르면
한몸인 양 꽃대 든다

둘레길에서 만난 꽃

척박함 상관없이
피고 지는 저 꽃들

밤에도 눕지 않고 상처나면 새순 내어

무시로
꽃 피워내고
향기도 던져준다

참꽃나무

내 사랑은
오월의 연초록 저 산그늘
참꽃잎 버는 아침
햇살도 설레는데
천지에
감당 못할 꽃다발
선물처럼 반갑다

튤립 연가

겨울이 지나가자
싹 돋는 저 구근

내 마음에 이는 동요
알고도 다문 입이

햇살에
단추를 풀고
생명을 연주한다

감자 아이러니

뭉텅 잘린 감자조각 고요에 갇힌 봄날
생각을 차압당한 채 두어 달 햇볕 받더니
하지가
다가온다고
서둘러 꽃피웠다

햇볕과 땀방울 먹고 자란 감자알
얼마쯤은 썩을 거란 염려를 도려내고
둥그런
여름날 결실
뿌리 가득 설렌다

나팔꽃

하늘 향한 꿈들을 놓친 적 없다며
지축 들어올리듯 넝쿨을 휘감고
허공에 나팔을 부는
너는 늘 자유다

유월 보리수

긴 탄식을 몰아낼 유월의 함성처럼
비바람 이겨내고 일렁이는 열매들
들꽃이 환하게 웃는 날
보리수도 붉었다

매쟁이골 숲길에서

숲속에 들어가야 나무가 될 수 있네
햇빛 속에 눈뜬 사랑 풀꽃으로 흔들리고
바람은 내게로 와서
숲이 되라 이르네

가을이 만든 기적

사랑을 놓고 간 꽃들을 다시 보네
따스한 볕 아래서 해맑던 눈빛마다
과즙을 익혀가면서 다시 사는 이 가을

억새풀

무채색 꽃 한 송이 피우지도 못한 채
늦가을 들녘마다 무성하게 자라서
찬바람 깊은 근심을 헤아리려 흔든다

가을, 전령사

밤꽃이 떨어질 때 눈물을 참더니
그 누가 잡아챌까 가시 속에 키운 열매
가을볕 흠뻑 받은 날 마알갛게 웃었다

구절초

연한 잎새 없는 듯 살다가려 했었지
실바람 불더라도 쓰러지면 일어서고
그렇게 한세상 살다 거름이나 되려했지

세상 어디 걱정 아닌 날들이 있을까
비바람 땡볕에도 힘차게 뿌리내려
늦가을 찬바람 불 때 꽃송이를 피웠지

바람 전언

한 자락 바람도 무심히 흔들릴 리 없다
라마스테! 라마스테! 무한히 감사할 때
우리는 실없다 하지만 빈말이 아니라네

더디 익는 열매를, 덜 여문 이삭들을
풍미와 색채까지 들었나 물어볼 때
가을은 감사의 말들을 일제히 탈고한다

나목

바람 한 줄 걸치지 않은 가느다란 마디마다
뼈 시린 외로움을 눈꽃으로 피워낼 때
설레임 어느새 차올라 새봄을 기다린다

하귤나무

철모르는 과일이라 생각도 했겠지만
열매 위에 쌓인 눈 시리다 울지 않고
동백꽃 붉게 핀 동안 벗 삼아 견뎠다

농부의 마음이 귤농사로 차오를 때
눈길 한번 없어도 결실을 꿈꾸며
보란 듯 느긋한 품성으로 열매를 익혔다.

남쪽에서 봄을 몰고 바람이 찾아오면
해맑은 둥근 얼굴 제일 먼저 내밀며
여기요, 가로등처럼 봄의 길목 밝힌다

역사적 통고 체험, 생태의식과 지혜의 시학
— 장은아 시조집 『터』

김봉군/ 카톨릭대학교 명예교수, 문학평론가

1. 여는 말

　장은아 시조 읽기는 만만치 않다. 숭냥삼이 숭반하고 사유思惟의 세계가 자못 묵중한 까닭이다. 서정시조는 대개 감성 쪽에 기울어 가붓한 감수성에 기대게 마련인데, 장은아 시조는 사유의 깊이 속에 감성을 묻었다. 프랑스 비평가 생트 뵈브가 "그것이 무엇인가 하고 관조, 명상케 하는 것이 예술이다"고 한 그 언어예술론을 소환하는 국면이다.

　장은아 시인은 충남 서산에서 출생하여 제주에서 성장했다. 제주대학에서 국어국문학을 전공한 바에, 그의 문학적 토양은 제주일시 분명하다. 제주는 독도와 함께 지리·역사적으로 독특한 변경이다. 강치의 멸망이 표징하듯이 독도가 일본의 침탈과 생태계 훼손을 입었다면, 제주도는 국토 최남단의 소외지대였던 까닭에 언어문화와 풍습이 특이하고 역사적 파란을 피치 못하였다.

　문학인은 역사적 감수성 쪽에서 우선 순위에 놓이기

십상이다. 장은아 시인의 문학적 감수성 또한 역사의 핵심에서 자유로울 수 없다. 역사성, 사회성과 언어 미학적 감수성 사이에 조성되는 시학적 텐션을 짚는 것은 장은아 시조 읽기의 한 문법일 수 있다. 잊히는 삶과 역사, 잊히지 않는 그것들 간의 길항拮抗, 그 경계선 이미지는 특유의 개별성으로 반짝임을 보낼 것이다. 더욱이 시조집 표제가 『터』인 것을.

문학은 사람의 본연적 욕구의 표상이다. 그중 가장 절절한 것이 만남을 향한 열망이다. 장은아 시조 읽기도 예외가 아니다.

2. 장은아 시조와 만남의 표상

장은아 시인의 욕망 표상은 크게 역사, 가족, 사적지, 삶의 파동, 생태와 섭리 등과 대면하는 계기에 빛난다.

1) 역사와의 아린 대면

1부 '순비기꽃 닮은'의 시조 14편은 제주 특유의 역사적 통고체험痛苦體驗을 내면화했다. 순비기꽃은 제주 사람들의 끈질긴 생존 욕구와 생태를 표상화하는 상징적인 덩굴성 염생鹽生식물의 꽃이다. 제주 해녀들의 숨비소리에서 유래했듯이, '꼭 죽을 것만 같은 세상살이에서 살다보면 살아진다'는 강한 메시지를 품은 보랏빛 여름꽃이 순비기꽃이다.

제주 사람들은 거친 바다와 싸워 살아내야 했고, 역사의 피밭에서도 다시 일어서야 했다. 순비기꽃의 생태역

학은 이런 내밀한 피울음에서 조성된 것이다.

> 유채꽃이 울음인 것 애써 외면할 동안
> 4월이면 벌, 나비가 살풀이 춤추었지
> 바람이 밭담 사이에 진혼곡도 놓고 갔지
>
> —「밭담」

유채꽃은 개나리꽃과 함께 3~4월 이른 봄을 장식하는 화사한 계절의 전령傳令이다. 진달래와 철쭉이 만개한 봄날의 흐벅진 정취를 만끽하게 하는 것과 달리, 유채와 개나리꽃은 화사하면서도 은은한 심성으로 이든 상춘객의 눈길을 끈다. 그런데 시적 화자는 그런 유채꽃의 아름다운 표상을 울음으로 치환했다. 비애미悲哀美의 표상이다. 살풀이춤과 진혼곡鎭魂曲이 등장하는 것으로 보아 이 작품은 억울한 죽음, 그런 원혼冤魂과 관련되는 것임에 틀림없다.

> 숲마다 마른 꽃잎 끝없이 되묻는다
> 바스라질 기억은 없다
> 시간만 지났을 뿐
> 그랬지, 뜨거운 대답
> 삭제되지 않는다
>
> —「4월을 읽는 방식」

시대의 얼룩들을 눈 붉히며 바라보는

노을은 아직도 그 칼끝을 기억하는데
　　우리는 아픈 문장들만 지우고 싶어한다
—「도두봉 일몰」

　　누가 그리움을 치유 못할 병이라 했지
　　무너진 돌담 사이 무성한 잡풀 한 켠
　　뒤집힌 그 봄 생각만으로 피 토하는 동백꽃
—「빌레가름」

　　푸르른 그 사월이 멍울로 잡힐 때
　　잡초로는 살지 마라 그냥은 살지 마라
　　중산간 나무들마다 초록잎 흔듭니다
—「오월」

　　분석주의자들이 이들 시조 텍스트들을 읽을 때, 갑급한 것이 4월의 기억과 시대의 얼룩, 칼끝들의 배경일 것이다. 제주의 봄날이 함축한 구체적인 시대고時代苦가 무엇인지를 시인은 끝내 토설치 않는다. 감추기와 드러내기 기법의 경계선 이미지borderline image의 연쇄, 그것은 왜 제주의 봄을 '피 토하는 동백꽃'으로 은유되어야 하는가. 역사주의적 비평의 힘을 빌릴 수밖에 없다. 한국 현대사의 아픈 곡절을 풀어야 한다는 뜻이다. 더욱이 밟히며 죽지만 않는 잡초(민중)로만 살지 말자는 길항의 어조tone를 눅일 수 없음에야.

이념 앞에 쓰러진 이 그리운 걸 아는 걸까

암반 만나 부르튼 발 다독다독 위로하듯

오종종 가을볕 안은 열매들이 나를 본다

—「순비기꽃」부분

이들 작품의 역사적 의미의 지표가 여기서 유일하게 제시된다. '이념'이다.

1945년 8월 15일 원자탄 폭격을 당한 일제가 패망했다. 한반도 북쪽은 소련이 지레 점령했고, 남쪽에서는 미군정이 실시되었다. 제주도에는 일본을 중심으로 한 해외에 있던 동포 6만여 명이 귀국했고, 식량 부족으로 민심이 흉흉했다. 도민과 경찰 간에 충돌이 잦았으며, 1948년 4월 3일 새벽 2시경 남조선노동당 제주도당 소속 350명의 무장대가 도내 24개 경찰지서 중 12개 지서와 우익단체 요인의 집을 습격하며 제주 4·3의 서막을 열었다. 군인과 경찰이 이들과 충돌하는 과정에서 무고한 많은 사람들이 희생을 당했다. 그러기에 제주에는 좌익이든 우익이든 이념싸움에 희생된 절통한 울음들이 뒤척이고 부딪히며 절규를 멈추지 못한다.

바람은 알고 있어 파도가 삼킨 울음

침묵할 수 없다는 그 마음 알기에

쉼없이 밀어주건만 그 절벽에 막혀 부서진다

—「서귀포 주상절리」

쏟아내는 물소리

아직도

울음소리

그 봄은 가고 없고

눈부신 봄 예 왔건만

핏물 든

자리 지운다며

우레로 쏟아진다

—「정방폭포 물소리」

　서귀포 묘경妙境 주상절리와 정방폭포 물소리, 아드막한 신화적 곡절이나 장쾌한 순수 자연의 음향도 모두 절통한 역사적 통고체험의 표상으로 치환된다. 자연과 사람의 숫된 본연적 만남, 물아일체物我一體의 경지와는 아드막한 거리에 있다.
　제주인의 미래사는 4·3의 통고체험을 척결한 자리에 서라야 비로소 제 길을 틀리라.

　2) 가족, 화석이 된 그리운 표상
　가족 앨범에는 화석이 된 그리움이 쟁여 있다.

마주친 세상 속에 아버지는 비어 있어

긴 세월 못다한 정 강물처럼 흘러갈 때

날마다 그리운 얼굴 눈감아도 어른거려

—「내 마음의 연약지반」부분

인생 정답 있냐며 늦가을인데 꽃 피었다
천 리라도 멀리 가라 향기도 뿜어내는
엄마의 젊은 날에도 저렇게 의연했다

―「녹차꽃」

일찍 결별한 선친에 대한 그리움은 강물의 흐름으로
연면連綿하고, 의연한 녹차꽃은 어머니의 젊은 날 표상
이 된다. 들려주기telling보다 보여주기showing, 현대시 기
법에 친근하다.

어둠 밝힌 선등서림 집안 가득 부모님
대문 열면 반겨주던 들꽃처럼 환한 얼굴
이제는
빛바랜 사진으로
소리없이 웃으신다

―「빈집」

옛 고향 빈집의 횅한 정경을 회상으로 채운 작품이다.
무無로 돌아간 유有의 흔적, 멸망해가는 이 땅 시골의 허
허로운 실상이다. 소리 없이 웃으시던, 들꽃인 양 환하
던 부모님 얼굴이 절절히 재연된 장면이다.

생명을 품을 때는 침묵도 말이 된다
예감이란 기쁜 소식 격정의 언어들이
살 속에 뼈를 심고 나와 개골개골 소리낸다

—「겨울잠, 그 후」

　겨울잠의 침묵, 그 의미를 사념화思念化했다. 생명의 태동, 그 기쁨은 격정의 언어로써 '살 속에 뼈를 심는' 경이로운 '사건'이 된다. 이를 자손의 잉태와 생산의 기쁨으로 치환해도 좋으리.

> 잎, 열매 떠나보낸 나무라야 새순 돋듯
> 군 입대 보낸 후 마음붙임 떼버리니
> 그제야 엄마가 아닌 내 이름이 보였다

—「이별 이후」

　군에 입대한 아들과의 이별에 시의 화자는 애면글면하지 않는다. 사랑하면서도 헤어져야 하는 애별리고愛別離苦에 이성理性을 소환하는 장면이다. 아들과 어머니의 자기 정체성self‒ identity이 이별로 하여 선연히 확인된다. 비애의 정감을, 범람하는 비탄의 소용돌이에 침몰케 하는 대신, 순화된 심미적 거리aesthetic distance 지키기에 성공한다. 현대 시조 쓰기의 창조적 한 전범에 갈음되는 장면이다.

　3) 사적
　장은아 시인은 역사의 유적에 각별한 마음길을 튼다. 사적史蹟과 문화재에 대한 관심이다. 조선백자 도요지, 융릉, 추사 유배지, 전곡리 선사 유적지, 용문사 은행나무, DMZ, 임진강, 제주 돌담, 서산 갯마을, 마룡리 옛집, 낙산 절벽마을, 수리사, 수리산 황톳길, 박씨 고택, 둔대리 마을 등을 일일이 답사하며 시조를 남겼다.

도공을 만난 흙 난초꽃 피우던 날
불의 혀에 데었어도 혼절하며 울음 삼킨
백자여, 기품을 갖췄구나
지나온 길 다 지우고

—「터」

 불길에 달구어져 예술혼을 빛내는 조선백자의 기품을 찬미했다. '혼절하며 울음 삼킨' 치열한 예술혼이 매·난·국·죽 사군자 중 난초의 품격을 만나 '조선 혼'으로 피어난, 결곡한 곡절을 아로새긴 장은아 시인의 창작정신이 귀히 다가오는 시조다.

소나무 그루마다 사무침도 심었나
나무마다 휘청휘청 나에게 말을 걸 때
묵묵히 숲길을 걸으며 맺힌 한 읽는다

—「융릉을 걷다」 부분

 조선 제22대 정조의 생부 장헌(사도)세자, 장조의 무덤이 융릉이다. 부왕 영조의 명으로 뒤주에 갇혀 운명한 비운의 사도세자의 애사哀史를 품은 사적을 돌아보고 쓴 시조다. 조선 왕조 오백 년은 단종, 연산군, 광해군, 사도세자 등이 표징하는 비극적 회한悔恨의 역사를 품어왔다. 장 시인은 그 일단을 예각화한 것이다.

　　흰 옷 입고 써내려간 올곧은 추사체
　　역사도 제 길 향해 굽은 등 쭈욱 펼 때
　　님 향한 소나무 한 그루 솔 향기 날립니다
　　　　　　　　　　　　　　　　　　　　　──「추사 유배지」부분

　조선 후기 영조·정조·순조·헌종 시대의 문인이자 추사체의 서예가 금석문의 대가인 추사秋史 김정희金正喜의 유배지를 답사하고 쓴 작품이다. 추사는 1840년부터 9년간 제주도에서 곤고한 유배생활을 감내해야 했다. 그를 향해 절의節義를 바친 제자 이상적李尙迪에게 준〈완당阮堂 세한도歲寒圖〉는 절제와 여백의 미를 살린 문인화의 걸작으로 남아 있다. 1844년 작품이다. 세상의 냉혹한 풍파에도 절의를 꿋꿋이 지키는 선비정신을 표상하는 것이〈세한도〉다. 장은아 시인이 기리고자 하는 추상 같은 선비 혼이 서린 작품이다.

　　망국에 서린 한을 묻었다던 마의태자
　　땅속 깊이 숨겨둔 그 마음 나는 아네
　　천 년을 변함이 없이 노랗게 드러낸다
　　　　　　　　　　　　　　　　　　　　　──「용문사 은행나무」

　　돌멩이 하나도 누가 쓰던 것일까

수없이 질문하고 끝없이 대답하는

고단한 선사의 시간이 부활한 전곡리

―「전곡리 선사 유적」부분

실명한 바람들이 휘적휘적 달아난 길

서늘한 감국화 저 홀로 외로워도

햇살은 공평하게 내려 산과 들은 한 몸이네

―「DMZ」

이념과 맞서느냐 나룻배 가뭇없는

강물은 흐르는데 갈라났다 말할까

물총새 뜨거운 눈물 품고 가는 임진강

―「임진강 건너」

　경기 양평군의 용문사 앞 은행나무는 1,100~1,500살로 추정되는 높이 42미터, 둘레 14미터인 국내 최고最古임을 자랑한다. 의상대사와 마의태자의 전설이 깃들인 이 나무를 장 시인은 놓치지 않았다. 또 서부전선 최전방인 경기도 연천 전곡리 한탄강 가 구석기 시대 주먹도끼 유적지와 국토 분단의 비탄이 서린 군사분계선 DMZ와 임진강을 두고 민족의 비극을 차탄嗟歎한다. 역사의식이 없는 시인에겐 진정한 시혼詩魂이 깃들일 수 없다는 듯, 그의 유정有情한 눈빛이 형형炯炯하다.

　4) 삶의 파동과 각성

삶의 파동들이 마음결을 일굴 때, 시인은 희로애락의 물무늬로 삶의 유서와 의미를 머금거나 표상화한다. 그리고 때론 지혜의 뜨락에도 서 있게 된다.

> 밀물과 썰물들이 도돌이표로 정화되듯
> 갯벌은 생명 품고 수없이 쓰다듬을 때
> 말갛게 적요를 꿈꾸는 바다가 출렁인다
>
> ─「시지포스」

시지포스는 그리스 신화에서 코린토스 왕이다. 프로메테우스와 마찬가지로, 그리스 신들의 명령을 거부한 죄로 거듭 굴려올려도 절벽에서 다시 떨어지는 바위를 끊임없이 굴려올리기를 되풀이하는 운명의 주인공이다. 장은아 시인에겐 밀물과 썰물의 쉼없는 드나듦의 도돌이표 되풀이는 허망한 것만이 아니다. 수많은 생명체가 생멸하는 갯벌과 '말갛게 적요를 꿈꾸는 바다'가 살아 있다.

> 가지에 매달릴 때 푸르른 잎새이다
> 나무와 간격 벌린 가을에 꽃이 됐네
> 계절을 따라가는 날
> 눈부셔라 네 모습
>
> 젊음을 버리는 건 전부를 거는 일
> 사랑을 내놓고 목숨까지 내놓고
> 나이테 하나 두를 때

세월 한 줄 얻는다

—「아모르 파티」

라틴어 '아모르amor 파티fati'는 "운명을 사랑하라"란 뜻이다. "신은 죽었다Gott isttot"고 한 『영겁회귀』와 『초인의 철리哲理』의 독일의 철학자 니체의 말이다. 기독교 신이 죽은 자리에서, 사람은 자기에게 주어진 운명(길, 과업)을 사랑하며 그에 충실하라는 뜻이다. 운명과 허무를 거부하고 유일신의 섭리를 믿는 기독교에 대척적인 인생관이다. 기독교 신의 죽음을 선포한 무신론자 니체는 생의 마지막 10년을 정신병원에서 보냈다. '아모르 파티', 마냥 즐길 노래는 아니다.

장은아 시인이 '아모르 파티'의 심층적 의미를 두고 묵상하는 가운데 쓴 시조이리라.

떨어진 밤 한 알에도 조급증이 밀려와
더 많이 줍겠다 심장만큼 뛰는데
열매를 내주는 나무 햇살만큼 고요했다

가시 벌려 알밤 터는 바람도 고맙지만
행여나 꺾일세라 숨 참는 가지 앞에
감사를 다시 배우며 한 계절 또 보낸다

—「밤줍기」

사람의 탐욕과 밤나무가 주는 지혜가 대비된 '깨우침'

의 시조다. 잔잔히 파동쳐오는 심미적 윤리가 감동을
준다.

추억 묻은 옷들이 옷장 속에 갇혀서
수평선을 말하고 유채꽃을 기억하지만
세상엔 버리는 기쁨도 크다고 그러네요

—「옷장정리」

등 뒤에 발자국은 내 삶의 증인이다
자갈길도 흙탕길도 묵묵히 걷는 동안
올곧은 말씀이라면 귀 세우고 따랐다

—「발자국」

사랑의 질량만큼 일렁이는 기쁨들이
가슴 속 모두 파야 물 위 뜨는 배가 된다고
깨우침 공짜가 아니네요 나이먹고 배웠어요

—「나잇값」

인생살이에서 자아의 성숙을 문득 확인하는 순간, 그
기쁨과 감동은 크다. 버리는 것이 기쁨이 되는 역설의
진리, 그것이 사랑의 질량과 비례 관계에 있음의 묘리妙
理는 어쩌면 법열法悅 이상이다. '올곧은 말씀이라면 귀
세우고 따랐던' 순명順命의 결실이다. '가슴 속 모두 파야
뜨는 배가 된다'는 대각성은 생활의 철리哲理를 뛰어넘는
종교적 경지를 가늠한다.

116

흰 눈이 꽃 되는 일과 눈꽃이 눈물 되는 일

마음처럼 안 된다고 동굴같이 생각 잠길 때

덜커덕 사랑을 배워보라 눈송이도 꽃이 되니

　　　　　　　　　　　　　　　　　— 「눈꽃」

　장은아 시인은 마침내 사랑하기의 큰 진리에 귀착했
다. 종장 첫 구 '덜커덕'이 시상을 전환하는 기승전결의
전구轉句 구실을 실히 감당하고 있다.

　5) 생태와 섭리
　뭇 생령들 중에 자연 생태계와의 만남은 사람에겐 원
초적인 것이다. 장은아 시인은 주로 사람과의 만남에 집
중해 왔다. 이제는 다르다.

앙상한

가지 끝에

저 눈부신 적멸

그리움을 버리기가

왜 그리 어려운지

이 사월

깊은 은유를

눈물로 읽었네

　　　　　　　　　　　　　　　　　— 「목련」

　보라. 이제 장은아 시인의 시업詩業은 절정을 가늠치

않는가. 목련의 개화와 조락凋落, 그 은유를 눈물로 읽다
니, 그리움을 떨쳐야 하는 적멸寂滅 탓이다. 적멸은 죽음
을 뜻하는 불교 용어다.

　　길섶 따라 도열한 숭얼숭얼 꽃송이
　　서로가 서로 위해 온기 나누며 살겠다더니
　　수국꽃!
　　하고 부르면
　　한몸인 양 꽃대 든다

—「수국처럼 우리도」

'홀로'와 '더불어', 곧 소외와 '만남'의 문제를 노래했다.
수국꽃 송이송이가 '한 몸인 양 꽃대 드는' 더불어의 순
간이다. 분리detachment가 아닌 만남의 하모니다.
　현대의 비극은 사람과 자연, 사람 서로 간, 사람과 절
대 진리(절대자)와의 분리로 인해 빚어진다. 이 시대 인
류는 만남의 관계 회복에 나서야 한다.

　　하늘 향한 꿈들을 놓친 적 없다며
　　지축 들어올리듯 넝쿨을 휘감고
　　허공에 나팔을 부는
　　너는 늘 자유다

—「나팔꽃」

　　긴 탄식을 몰아낼 유월의 함성처럼

비바람 이겨내고 일렁이는 열매들

들꽃이 환하게 웃는 날

보리수도 붉었다

—「유월 보리수」

나팔꽃의 자유와 함성 같은 열매들과 들꽃의 향연에 보리수도 붉은 생태계의 조화, 그 어우러짐이 놀랍다.

무채색 꽃 한 송이 피우지도 못한 채

늦가을 들녘마다 무성하게 자라서

찬바람 깊은 근심을 헤아리려 흔든다

—「억새풀」

억새풀은 결코 요염하지 않다. 유난한 매력을 발산하는 존재는 더더욱 아니다. 그럼에도 억새는 억새여서 소중하다. 시인은 우주 만유의 의미를 캐는 존재다. 장은아 시인은 끝내 억새의 의미를 찾아냈다. '찬바람 깊은 근심을 헤아리려' 제 몸을 흔드는 존재가 억새풀이라는 것이다. 창작이란 새로운 표상과 의미의 발견 행위다.

이 가을 이 땅 산야山野에는 수많은 억새와 갈대가 혼신의 힘으로 제 몸을 흔들 것이다.

생태계의 조화란 이 같은 연관과 만남이 아름다운 하모니, '더불어'의 길이다.

3. 맺음말

이 글은 장은아 시조 읽기가 만만치 않다는 말로 시작되었다. 중량감이 현저하고 사유思惟의 세계가 자못 묵중한 까닭이라고 했다. 사유의 깊이 속에 감성의 촉수가 스몄다는 뜻이기도 하다.

장은아 시조의 문법은 우선 역사성, 사회성과 언어 미학적 감수성의 사이에 조성되는 시학적 텐션을 짚는 것에서 찾을 수 있다. 잊히게 마련인 삶과 역사가 잊히지 않는 그것과의 길항, 그 경계선 이미지는 특유의 개별성으로 반짝임을 보낸다.

장은아 시인은 충남 서산 출생이나 제주도에서 성장했다. 그의 시적 상상력의 텃밭이 제주도인 까닭이다. 우리 국토의 남녘 변방인 제주 사람들은 첫째로 바다와 싸웠고, 둘째로 역사적으로 이념싸움에 휘말렸다. 장은아 시조의 역사성·사회성은 필연적으로 제주 4·3의 피바람에서 자유로울 수 없다. 유채꽃 울음의 표상과 제주 일원에 편재한 진혼곡은 제주인의 이념싸움의 시대고가 품은 처절한 비극의 상흔으로 어룽져 있다. 역사적 감수성이 남다른 장은아 시인은 제주 땅 도처, 서귀포 주상절리의 묘경妙境과 정방폭포 장쾌한 물소리 속에서도 그 피다툼의 절규를 떨치지 못한다. 절절한 통고체험이다.

장은아 시인은 그리움이 쟁여진 가족 사진에서 육친과의 아픈 결별과 대면한다. 그의 시적 역량이 빛을 발하는 것은 바로 이 대목이다. 아린 애별리고愛別離苦를 극한적 정같이 범람하는 비탄의 소용돌이에 침몰시키는 대신, 이성理性으로 다독이고 순화하여 심미적 거리 aesthetic distance 지키기에 성공한 그의 원숙한 현대 시조 시학적 기법 말이다.

장은아 시인은 천생 이 땅 사람, 한국인이다. 그의 한반도 남녘의 주요 사적지史蹟地를 탐방하여 그 주역들의 흔적을 되짚어 재현하며, 특히 한탄강 유역 선사 유적지와 DMZ와 임진강 국토 분계선을 대면한 자리에서 민족 분열의 비극을 차탄嗟歎한다.

그는 세상 만유의 연관성과 생태미生態美를 통해 자연의 섭리를 터득한다. 인생의 지혜를 얻고 새삼 일대 각성의 계기를 만나 사유의 갈피를 가리며 추스른다. 삶의 철리哲理, 지혜 터득의 시혼詩魂이다.

마침내 그는 '저 목련꽃 한 송이의 적멸' 앞에서 감동의 찰나를 만끽한다. 불가에서 전래하는 염화시중拈花示衆의 순간인 양 끄덕임을 보내는 '눈물 어린 은유'를 독자들과 공유한다. 또한, 억새이기에 소중한 억새풀의 존재를 확인하고 '홀로'와 '더불어'의 관계, 생태계의 조화, 그 만남의 묘리妙理에 감동한다.

시혼이란 창조적 감동의 순간에 피어나는 생명 찬미의 탄성, 그것이 아닌가. 장은아 시인 특유의 지혜의 시조가 우리에게 전하는 기쁜 소식이다.

장은아 시인의 첫 시조집 상재上梓를 기리며, 큰 시조 시인으로 대성하시길 축도한다.

터

지은이_ 장은아
펴낸이_ 조현석
기 획_ 김정수, 우대식
펴낸곳_ 북인
디사인_ 푸른영토

1판 1쇄_ 2025년 01월 11일
출판등록번호_ 313 - 2004 - 000111
주소_ 121 - 842 서울 마포구 서교동 460 - 34, 501호
전화_ 02 - 323 - 7767
팩스_ 02 - 323 - 7845

ISBN 979-11-6512-107-5   03810
ⓒ장은아, 2025

이 책은 2024년 한국예술인복지재단
창작준비 지원금으로 발간되었습니다.